Souvenirs d'un coin du monde

Marc Anstett est né au milieu des années cinquante à Paris. Comédien, metteur en scène, musicien, auteur, il explore des thèmes variés, sous forme de romans, de nouvelles, d'essais, de textes dramaturgiques, d'adaptations. Il a composé de nombreuses pièces musicales, notamment pour le spectacle vivant. Il prête aussi régulièrement sa voix pour le doublage et apparaît ponctuellement au cinéma ou à la télévision.

du même auteur, aux éditions Bod :

Journal d'un pigeon voyageur
Clin d'œil au peintre René Magritte.
Roman

Des vendredis dans la tête
Roman.

Et si c'était nous (version française)
Petit éloge d'un tango des sens.
Essai

Y si fuéramos nosotros (versión española)
Pequeño elogio de un tango de los sentidos
Traducido del francés por Daniela Alejandra Aguilar

Bid Bang !
Théâtre et arts plastiques – volet 1

Le don de l'invisible
Théâtre et arts plastiques – volet 2

Tango pourpre
Fiction contemporaine

Katzen
Roman

Marc Anstett

Souvenirs d'un coin du monde

Nouvelle

Réédition 2017

BOD

Éditions Bod-Books on Demand
12/14 rond-point des Champs Élysées,
75008 Paris, France

« Nous nous enracinons, jour après jour, dans un coin du monde. Car la maison est notre coin du monde. »

Bachelard

Guyane. C'est l'une de ces fins d'après-midi pluvieux. Des averses violentes et rapides. J'ai collé mon nez contre la vitre. À présent, le soleil réapparaît. La température grimpe aussitôt et dans dix minutes tout sera sec, comme si de rien n'était. Il n'y aura plus que les gouttes sur les feuilles, quelques flaques éparses et un reste de fraîcheur dans l'air.

Parfois, sur la route de Cayenne, quand la pluie se met à tomber subitement, il y a vraiment une frontière très nette entre deux mondes : je roule tranquillement au sec vers ce qui m'occupe, alors que sur les voitures d'en face je peux voir les trombes d'eau s'abattre avec furie. Je suis encore à l'abri, dans l'autre moitié, celle où l'eau n'est pas encore là. Et puis je fends ce rideau translucide qui se plante dans l'asphalte avec la pertinence des flèches. J'y pénètre d'un coup et c'est l'autre monde. Je n'ai jamais vu cette frontière aussi nettement ailleurs.

Je marche à pas lents dans la maison pour tuer le temps, un verre de rhum à la main. Plus que quelques heures... Après, je serai loin. J'aurai tourné la page. Je ne suis pas dans l'impatience ni dans la nervosité. Je suis entre parenthèses. Dans un sas entre l'avant et l'après, sorte de *no man's land* reposant. À l'entrée de la cuisine, une planche bouge sous mon pied. Ce n'est plus le moment de faire du bricolage, mais j'essaie quand même de la remettre en place en me baissant, pour mieux la prendre en main. Je n'arrive pas à la replacer convenablement. Quelque chose gêne la manœuvre. Une pierre probablement, échouée là pendant la grosse averse de la veille… Me voilà carrément à plat ventre, étendu de tout mon long, reniflant la poussière, le nez au ras du sol, avec un œil exorbité pointé dans l'interstice, tentant de discerner quel peut être le problème. Position inconfortable et pour le moins ridicule. Si quelqu'un arrivait à l'improviste, il pourrait s'imaginer des choses à mon sujet, genre « pas très net ». Le tableau serait assez vite peint, vu ma réputation.

Dans l'obscurité, ça ressemble à un morceau de bois. Une sorte de cale rectangulaire coincée entre deux poutres. J'ai beau tirer dans tous les sens, ça ne vient pas. C'est le genre d'objet qui ne veut pas qu'on le déniche. Je ne vais quand même pas démonter le plancher… Après quelques distorsions digitales plutôt mal orchestrées sous les effets du rhum, mes doigts réussissent enfin à déloger le fauteur de trouble et à le tirer vers la lumière. C'est un curieux petit paquet rigoureusement ficelé. Cadeau de la dernière heure, tombé du ciel ou sorti de terre juste après l'orage, comme une pousse intempestive au cœur de nulle part. Épargné des eaux, poussiéreux, mais en excellent état. Moment ô combien propice pour émerger du néant ! Peut-être un signe, car aujourd'hui ce n'est pas un jour ordinaire. Je suis en train de célébrer mon départ. De boire à mes déboires, à ma disparition, à ma reconversion et de faire table rase. Cocktail d'ivresse et d'amertume, de feu et de flammes, de cendres et d'eau. Les choses sont en suspens tout autour et mes pensées vadrouillent. Chaque objet a pris sa véritable dimension dans cette nostalgie ambiante et le petit paquet s'impose comme une figure énigmatique. Je pose délicatement l'intrus sur la table et je le regarde fixement. Il faudrait couper la ficelle… déballer délicatement la chose... mais je reste pantois, ne bougeant pas d'un pouce, les yeux fixés sur le mystérieux objet, bien qu'un tantinet titillé par ce murmure qui bourdonne en moi, m'appelant à l'ouvrir. Belle mollesse de circonstance, malgré une légère douleur dans la main, car je me suis vraiment abîmé les doigts en trifouillant maladroitement dans ce vieux plancher. Petite douleur lancinante m'appelant elle aussi à sortir de cette léthargie de dernière heure. D'abord passer les doigts sous l'eau fraîche. Remettre ce fouillis articulaire en état. Et me resservir un verre. Ces derniers temps, j'ai vécu au ralenti. Et aujourd'hui, c'est un summum. La précipitation génère trop de brutalité. Je voulais un départ en douceur, malgré la puissance de la rupture. J'y suis presque parvenu, mais cette découverte insolite me secoue les méninges, me bouscule dans ce rythme calculé. Grain de sable incongru dans un rituel anesthésiant. Alors d'abord un temps d'observation. Le petit temps adéquat. Après quoi je me lancerai. Je verrai bien ce qu'il a dans le ventre, ce curieux naufragé de la dernière pluie…

L'emballage s'est effrité comme autant de peaux successives jusqu'à libérer son mystérieux contenu. C'est un livre… Un tout petit livre de rien du tout... De la taille d'un téléphone portable. Chose encore plus étonnante, il est cacheté à la cire, sur toute sa tranche. Impossible de l'ouvrir dans l'immédiat. Qui a bien pu le mettre là ? Je n'en ai pas la moindre idée. Sûrement pas Firmin. Et encore moins Marie-Louise. Je ne l'ai jamais vue lire. Pas une fois… C'est un livret fabriqué de manière artisanale. Confectionné entièrement à la main. Sobre, élégant, d'un bleu légèrement moiré. Vraiment minuscule. Un bouquin de sac à main ou de poche à briquet. Sorti d'un autre âge. D'une époque forcément postérieure à mon arrivée ici. Sur la couverture, en petites lettres manuscrites : « *Alice & Barnabé* » Titre assez évocateur, couché habilement sur le papier par quelqu'un d'exercé… ça sonne un peu comme ces récits mythiques qui ont marqué l'histoire, à l'instar de « *Titus et Bérénice* », « *César et Cléopâtre* » — pour ne citer qu'eux. Mais pour une fois, la formule échappe à la règle, la femme devançant l'homme dans ce titre royal, soit par un fait exprès, soit par simple souci euphonique, « *Barnabé & Alice* » ayant été bancal et lourd dans sa terminaison. Ou alors, pour s'en tenir au traditionnel rythme imposé des syllabes « ta-ta & ta-ta-ta ». Principe musical oblige et justesse de la cadence. « Que le jour recommence et que le jour finisse, sans jamais que Ta-ta puisse voir Ta-ta-ta… » La musique des vers de Racine résonne dans ma tête. Mais peu importe Titus, aux larmes Bérénice, c'est un tout autre livre qui est là devant moi, avec son mystère. Ne demandant qu'à être ouvert.

Je me sens très aguiché. Je suis l'heureux élu qui vient de découvrir un trésor resté enfoui depuis des lustres. Je commence à gratter soigneusement la cire avec la lame de mon couteau. Exercice périlleux qui va me prendre un certain temps si je ne veux pas abîmer l'ouvrage. Déverrouiller avec délicatesse, par paliers successifs. Une lenteur s'accommodant parfaitement avec l'ambiance du moment. Le silence règne en maître. Seul le crissement du couteau sur cette cire dure comme de la pierre se fait entendre. Je rogne comme un mulot rongeant l'écorce d'une noix, ou un ver grignotant dans le bois, acharné, têtu, avec de toutes petites dents et un gros appétit… À me voir besogner de la sorte, on pourrait me croire tailleur de pipes en bruyère à Saint-Claude.

La méthode semble efficace. Je découvre enfin la première page et les premières lignes. Écriture magnifique, tout à la plume, extrêmement appliquée, ronde et régulière, agrémentée de mille ornements dignes des plus grands maîtres en calligraphie. Un véritable chef-d'œuvre visuel. Le papier est légèrement grumeleux, comme du papier de riz. Il va falloir y aller tout doucement, chaque page étant encore bien scellée à sa voisine. En plus, je ne voudrais pas manquer quelque chose, compte tenu de la singularité de cette découverte, de ce curieux processus de dissection et de mon état passablement vaporeux. J'ai mis mes demi-lunes sur le bout de mon nez et la lecture commence…

« Je n'ai pas utilisé leurs vrais noms… Étant donné le récit qui va suivre… Ne cherchez pas à savoir qui je suis… ne cherchez pas qui ils furent... Mais sachez que nous avons réellement existé tous trois »

Je reste perplexe. Cette vieille demeure aurait-elle encore quelques secrets de dernière minute à dévoiler ? Combien de fois ai-je foulé le sol de cette pièce ? Probablement des milliers. Combien de fois suis-je passé exactement à cet endroit sans jamais rien soupçonner sous mes pieds naïfs ? Cette maison, que je m'apprête à quitter pour toujours semble vouloir me faire un dernier pied de nez, histoire de me rappeler qu'elle en a abrité d'autres avant moi, qu'elle en abritera d'autres après moi et que ses murs sont porteurs d'histoire. Peut-être devrais-je moi aussi laisser une empreinte de mon long séjour ici avant de disparaître, encastrée dans un mur, sous l'évier, ou dans le faux plafond du placard à balais… ? Une romantique mèche de cheveux enrubannée, une photo, une bouteille de ce vieux rhum — qui ne m'a pas quitté d'une semelle depuis le début de cette journée si particulière —, une lettre… ou pourquoi pas un journal intime relatant l'histoire de ma vie ici, que j'aurais gratouillé vite fait avant de m'envoler et qui n'intéresserait probablement personne…

Je me suis assis à même le sol, le bouquin dans une main et le couteau dans l'autre. Ma bouteille et mon verre posés à mes côtés. Enfant, j'ai toujours eu envie de dénicher des trésors. Pour stimuler cette course aux pirates, j'en ai enterré dans le petit bois près de chez moi, avec ma copine de l'époque, la petite Matilda. Une jolie brune originaire du sud. Nous étions très amoureux et vivions des aventures truculentes, en chair et en os, avec dans nos bardas tous les ingrédients nécessaires à nos équipées sauvages et avec en prime plus d'une vingtaine de baisers de cinéma échangés dans l'obscurité de la cave. La première fois que nous sommes restés collés bouche contre bouche et yeux dans les yeux, je m'en souviens comme si c'était hier. Le locataire du deuxième était descendu à l'improviste pour chercher des confitures et du vin. Le Guenn. Ancien marin pêcheur bourru et surtout très costaud. Hypercostaud, style gros malabar. Avec ma jolie petite Matilda de l'époque, nous étions en train de tester un bouche-à-bouche furtif. Très élégamment, avec application. Par crainte d'être vus et d'être pris pour des voleurs, nous nous sommes figés en silence, sous une table qui traînait là, dans l'ombre. C'est dans cet embarras délicieux que nous nous sommes goûtés mutuellement, comme deux jeunes abeilles butinant de conserve, tandis que Le Guenn remplissait son panier juste au-dessus de nos têtes, avec les grognements d'un ogre affamé. C'est toujours resté un de nos meilleurs souvenirs : cinq minutes pratiquement sans dessouder, en apnée ou presque, au nez et la barbe du père Fouettard ! Prude, mais fusionnel. Un pareil exploit aurait fait de nous des héros si la bande de canailles du quartier avait eu vent de l'affaire. Mais « motus et bouche cousue » comme on dit, au propre comme au figuré. Nouveau secret parmi d'autres. Nous avions six ou sept ans. Nos jeux se déroulaient grandeur nature, sans écrans ni souris. Alors je reste rêveur, tout en continuant à gratter la cire… ils doivent y être encore, ces coffres à bijoux cachés bien à l'abri — ou au moins l'un d'entre eux — scellé secrètement sous terre au pied d'un arbre, si mes souvenirs sont bons et si les promoteurs ne lui ont pas réglé son compte à coups de bulldozers imbéciles. Ce n'était pas des objets de valeur. Juste des babioles, des colliers, des perles et autres bouteilles à la mer. Des trucs de gosse, comme on dit bêtement pour se démarquer lorsqu'on croit avoir atteint l'âge adulte, mais qu'on a surtout abandonné ses rêves. À l'époque, pour les deux petits amoureux en quête de sensations, c'est d'abord l'acte qui primait : ce vibrant secret partagé devrait traverser le temps au-delà de nous. Nous étions tout émoustillés à l'idée que — dans un futur très lointain —, quelqu'un trouverait forcément le précieux coffret et qu'il tisserait des liens indubitables entre notre histoire et la sienne. Un bien joli pari sur l'avenir. Il aura fallu attendre tout ce temps pour que je devienne moi-même l'un de ces heureux veinards. La boucle est enfin bouclée. On récolte comme on sème.

J'ai rogné la cire comme je pouvais et d'une main tremblante je commence à libérer cette première page. Le petit livre va me dévoiler son tout premier murmure...

« *Alice & Barnabé sont soudés l'un à l'autre sans aucun mouvement. Ils reposent en paix. Seules leurs respirations semblent trahir ce besoin incontournable d'appartenir encore au monde extérieur.* »

Ce début de lecture me plonge dans l'urgence, à l'image de ces moments où l'on est subitement accroché à quelque chose qui nous happe sans prévenir. Tout le reste devient alors méchamment parasite. Malheureusement, il va falloir libérer toutes les pages une à une... et le décollage de la prochaine s'avère déjà fastidieux. Pendant cette opération délicate, je m'efforce de garder en tête l'image des deux amants enlacés dans ce beau clair-obscur. Je ne voudrais pas perde le fil ténu d'un récit qui commence à peine. Je ne voudrais en perdre aucune miette. Mais la cire tient bon. Elle s'est répandue jusqu'au centre de la page et a séché telle quelle. Curiosité et patience ne font pas bon ménage. Une lame de rasoir. Voilà ce qu'il me faudrait. Pour couper plus fin. Pour avoir accès à l'inaccessible. Une lame de rasoir…

Le combat a été rude. Étant donné mon ébriété montante en ce jour de célébration finale, ça ne va pas être une mince affaire de lire le récit en entier. Je ne sais pas si l'auteur avait prévu ça, mais comme ultime rempart à la curiosité, son verrouillage à la cire gagnerait à être connu. Ce type de procédé surpasse très largement la difficulté d'une lecture dans le noir, sous la douche ou à cheval. Alors peut-être vaudrait-il mieux laisser tout ça en plan et attendre un moment plus propice…

Mais la lame de rasoir est appropriée. Elle tranche finement. Je suis enfin libre de poursuivre. Libre de lire… Qui l'eût cru ? Dans un premier temps, je reste subjugué par la beauté du graphisme. Le foisonnement de courbes et des boucles impose lenteur et application dans le décryptage. Impossible d'en faire l'impasse. L'auteur est un véritable artiste... Dommage que cette notion esthétique ait été perdue. L'imprimerie a permis l'édition de textes en tous genres, mais elle nous a privés du même coup d'autres trésors : le plaisir de l'œil, la beauté du geste, la richesse des singularités. En vrai privilégié de ces temps révolus, je me plonge avec délice au cœur de ces arabesques fines, délicates, et artisanales…

Le narrateur promène maintenant son regard dans la chambre, me laissant vagabonder avec une douceur toute mesurée dans ce nid chaud et ombragé : voiles en désordre, vêtements éparpillés sur le plancher, restes de nourriture. Cette sorte de travelling s'arrête un instant à la table en bois brut, incitant à resserrer le champ visuel sur une machine à écrire très ancienne et sur une lettre restée dans le chariot du rouleau encreur. Et comme pour m'inviter à lever la tête un peu plus vers le haut, à la verticale du lit en désordre, il décrit les pales acajou d'un ventilateur qui caressent d'un souffle rafraîchissant les deux corps allongés plus bas. Image aux accents voluptueux, dans un récit qui prend forme avec sensualité, donnant aux deux dormeurs des allures de *Tristan et Iseult*…

Je me suis planté au milieu de la pièce, debout dans mes bottes encore boueuses, ma veste en velours côtelé légèrement humide sur le dos, tenant ce bouquin à la main comme un véritable trésor. Mon intérêt ne cesse de croître. Tout en buvant mon rhum assidûment, j'ai continué à gratter la cire, d'un geste consciencieux… et à présent, le récit m'entraîne à l'extérieur, dans un jardin luxuriant, abritant dans ses enchevêtrements un monde naturel en pleine effervescence, peuplé d'oiseaux bavards, de bourdonnements entremêlés, de craquements de bois et de bruissements de feuillage. Un îlot de verdure campant à l'écart de toute civilisation, loin des routes carrossables ou des chemins de terre, inconnu des promeneurs solitaires, même des plus égarés. Aucun bruit artificiel émanant d'un probable voisinage. Aucun signe d'habitation à l'horizon... Je suis sous le charme de cette peinture assez fidèle. C'est presqu'une copie conforme de ma ferme qu'on me décrit là. Sans détacher le livre des yeux, je fais quelques pas vers la porte de la cuisine et je jette un rapide coup d'œil à travers le carreau. Au passage, la planche grince à nouveau. Un petit cri aigu sous mon pied pesant. Y aurait-il autre chose à dénicher en prime sous ce plancher bringuebalant ? Un message peut-être, ou un mode d'emploi pour la cire ! Non… le livre a été mis là, et rien d'autre.

Deux pages plus loin, le papier est très usé. Visiblement, des lectures ont été reprises régulièrement au même endroit. Les coins s'émiettent un peu sous mes doigts et au centre de la feuille quelques transparences laissent filtrer la lumière. Ces pages-là sont étrangement marquées. Probablement par des doigts trop sales. De la cendre de cigarette tombée maladroitement. À moins que ce curieux acharnement ne fût baigné de quelques larmes... des larmes… versées à plusieurs reprises… et qui auraient séché tristement entre les mots une fois le livre refermé. Je suis apostrophé par cette vision pathétique ! Une pause serait peut-être nécessaire. Pour mieux prendre mon élan. Pour éviter de survoler les phrases à toute vitesse dans l'unique but de découvrir le fin mot de l'histoire. Le récit lui-même semble m'inviter à la retenue, réclamant une nécessaire suspension préparatoire, sorte d'entrée en apnée avant le grand plongeon...

Je me suis resservi un verre et j'ai reposé le petit livre sur la table. Je ne le quitte plus des yeux. Une sorte de réserve mêlée d'inquiétude. Aujourd'hui, je célèbre mon départ. Je trinque à la séparation. Cela fait des semaines que je m'y prépare. Je vais enfin couper le cordon avec ce morceau de terre qui m'a buriné jour après jour. Et la lenteur de ces dernières heures s'impose comme une règle d'or. Dans ma maison guyanaise, cette nonchalance organisée a toujours été possible. Dans quelques jours, ce rythme sera perdu. J'aurai rejoint la métropole qui m'aura avalé tout cru en m'aspirant dans son tourbillon d'activités. Et ce petit livret posé là, devant moi, sème le trouble. Ce n'est pas quelque chose d'anodin. Alors je me lève et je marche à nouveau dans la maison, regardant au hasard des carreaux, la nature triomphante au dehors. Quelque chose pourrait-il me retenir encore un peu de ce côté de l'Atlantique ? Je ne sais pas si ce sont les vapeurs du rhum ou les effets du départ, mais l'impression que ce récit m'est adressé personnellement résonne en moi comme une dernière épreuve. À moins que je ne sois en train de violer quelque chose de sacré… Quelque chose de lourd peut-être, ou de grave… En tout cas, quelque chose qui n'aurait plus rien à voir avec les trésors enfouis dans mon enfance avec ma douce Matilda et qui dans leur céleste fantaisie n'avaient qu'un seul dessein : celui d'être trouvés. Comme un symbole de résistance, cette cire élimée par le fil du rasoir prend maintenant les traits d'un ultime verrou contre toute curiosité malvenue...

Moi qui voulais quitter les lieux sans arrière-pensée, dégagé de tout et libre comme l'air... Me voilà dans de beaux draps, à nouveau pris au piège, car mes sens sont en éveil, électrifiant mon être tout entier, édifiant une foule d'élucubrations sur la somme des possibles, coupant les ponts avec la réalité environnante, plongeant mon esprit hors du temps... Rien n'est jamais simple avec moi, malgré les apparences. À présent, chaque mot du petit livre va forcément peser son poids dans la balance. Chaque image aussi. Chaque voix murmurée du fond d'un imaginaire sculpté entre ces lignes et libéré tout à coup par mes soins. Le fauteur de trouble semble opérer avec une réelle malice. Peut-être secoue-t-il déjà au plus profond de moi cette part de vivacité qui s'était bêtement assoupie. Ce goût de la découverte qui m'avait porté jusqu'ici autrefois...

Je me suis rassis à la table. Confus dans mes pensées. C'est un vrai grain de sable. D'autres auraient passé leur chemin sans y prêter attention. Mais moi, j'en fais déjà tout un plat. Aussi, malgré une grande hésitation à poursuivre, je me décide enfin. Pour crever l'abcès. Très calmement. Le plus calmement possible, sait-on jamais… Il existe tant de magies insoupçonnées en ce monde. Tant d'alchimies tissant leurs liens entre les éléments. Tant d'invisibles chevaux à bascules sur leurs discrets manèges, embauchés gracieusement pour nous tourner la tête... Décidément, cette découverte égrise mon imagination et pimente cette dernière journée d'attente. Le vieux coucou de Jim ne tardera pas à se poser non loin de là, avec son bruit de moteur caractéristique, ses hoquets et sa fumée notoire. L'embarquement suivra dans la foulée, avec tous mes bagages, sans perdre une seconde, comme à chaque fois. Sauf que là, je ne reviendrai pas. Chose impensable il y a encore trois mois. À quelques bonnes heures de ce futur proche et pétaradant, le calme et la lenteur m'enveloppent encore pour mes derniers instants au bord de la forêt primaire.

C'est l'histoire d'une rupture, profonde. Mais le paysage qui s'embrase peu à peu, avec ce beau coucher de soleil, semble bien vouloir me tirer sa révérence dans les règles. Un adieu sans rancune.

J'ai regagné mon grand fauteuil en cuir, ses larges accoudoirs élimés par des années de réflexion, mais aussi par les heures de paresse qui m'ont si souvent plombé là. Comme toujours, l'assise moelleuse m'a avalé d'un trait. Et bien sûr, plus tard, elle me forcera à souffler comme un bœuf pour m'en extraire à temps si je ne veux pas louper l'avion du frénétique docteur Fraser.

Me voilà à nouveau calme et tranquille, continuant mon déchiffrage, comme un artisan à l'ouvrage, ses outils à la main. Mais au fur et à mesure, ma quiétude se dissipe à nouveau. Car du si doux mélange de terre et de feuilles, de ce nid si bien décrit à l'abri du monde, de ces deux jeunes amants reposant dans l'ombrage de la chambre en désordre, il ne reste bientôt plus rien. Absolument rien. *Nada.* Plus aucune once de vie. Tout vient de basculer, en quelques pages à peine. La grande faucheuse s'en est allée avec sa moisson terrifiante, laissant *Alice & Barnabé* inertes et froids pour toujours, leurs deux visages perdus au-delà des limbes, leurs bouches entrouvertes, mais à jamais muettes, leurs regards fixes et vides de toute lumière. Les mots se sont assombris en quelques lignes pour me révéler la sombre vérité de ce délicieux décor. Ma vision première de la scène était fausse. Incomplète. J'en reste béat et décomposé. Je le vois maintenant avec une terrible clarté. Le narrateur me le décrit sans plus aucun détour. Quel peut être l'enjeu de cet assassinat exécuté de sang-froid et dénoncé sous sa plume après une entrée aussi voluptueuse ? Une nouvelle gorgée de ce vieux rhum agricole s'impose. Le livre s'est emparé de moi avec une rapidité étonnante, comme je le pressentais. L'image de ces deux jeunes adolescents fauchés dans leur innocence s'est concrétisée avec une force inouïe. Je devine à présent pourquoi les lectures précédentes semblent avoir été obsessionnelles ou répétitives : mon premier réflexe est de relire plusieurs fois le passage afin de m'assurer qu'il n'y a pas eu « erreur de déchiffrage. » Muni de mon outil du moment, tranchant et très approprié, je poursuis ma curieuse besogne avec minutie malgré un léger malaise.

À la page suivante, c'est la machine qui capte à nouveau l'attention. Cette vieille machine à écrire noire, si bien photographiée dans l'espace. Et la lettre. Peut-être une clé, dans cet univers romantique et funeste ? En quelques lignes à peine, me voilà embarqué pour une sombre affaire, dans le style de ces enquêtes très *British* ayant célébré les plus fins limiers. Dans ma tête d'enquêteur du dimanche, j'ai déjà endossé l'imperméable d'un éminent inspecteur de *Scotland Yard,* prêt à dénicher le moindre indice, car la lettre ressemble à une déposition. Un formulaire que l'on ne trouve habituellement que sur les bureaux des commissariats de quartier, avec ce côté factuel, rigide, répétitif, dépouillé. Un formulaire qui n'a absolument pas sa place dans ce décor sensuel au charme exotique et aux parfums mélangés. Une simple paperasse en costume de bureaucrate sentant le tabac froid et le mauvais café. Vraiment rien à voir avec ces thés parfumés, ces épices alignées sur des étagères de bois, à deux pas d'un lit de paix, mais aussi de mort... Curieuse vision que ces mondes antinomiques, rigides ou fluides, vaporeux ou éteints, si tristement conjugués en ce lieu immobilisé comme un chien d'arrêt. Les images se brouillent dans mon esprit.

Émergence d'une pensée fugace entre deux gorgées de rhum, je revois le film de la pluie sur la route de Cayenne – « la pluie et son contraire… »

Mon regard s'est à nouveau concentré sur le rouleau encreur de cette superbe machine à écrire. Elle s'est littéralement matérialisée devant moi. Une très ancienne *Remington,* aux allures *Modern Style*, vieille Lady noire et distinguée, dotée d'une mécanique de précision à l'épreuve du temps. *« Vingt ans sous les verrous.»* Voilà quelle est l'introduction. Mais là, déjà, à mon goût, ça part mal… *« C'est encore ce qu'il me reste à faire, et le bagne est perdu au fin fond de la forêt vierge… »*
Ce n'est pas un formulaire administratif. C'est une lettre… adressée à madame… Casoar à Paris... « Drôle d'oiseau ! » Cette

image fleurit d'un coup dans mon esprit et force assez copieusement le trait. Probablement à cause de mon côté avili par la chaleur ambiante, les vapeurs du rhum, ou quelques vieilles réminiscences des aventures de Tintin, d'Agatha Christie et de son très célèbre Hercule Poirot...

À l'extérieur, des cris de singes me ramènent à la réalité de ma maison guyanaise. Ces cris qui ressemblent à des sifflements, très caractéristiques dans leur mélodie, du bas vers le haut, comme ceux que l'on peut produire avec une flûte à coulisse. En débarquant ici il y a trente ans, j'ignorais que les singes pouvaient s'exprimer avec une telle verve. Je pensais que la Guyane n'était qu'un nid à moustiques regorgeant de bagnards et que mes recherches sur le fameux « morpho » — ou le *Tamoc Tamoc* comme l'appellent les Indiens du haut Maroni — ne seraient qu'un petit séjour de vacancier en quête d'aventures au bord de la forêt amazonienne. Trente années viennent de passer, presque sans m'en rendre compte et le chasseur de papillons d'autrefois s'est transformé en propriétaire terrien, homme d'affaires assez bavard aux heures du *ti-punch* et planteur de cannes à sucre le reste du temps. Ce que j'ai vécu ici m'a transformé de fond en comble. Et si je m'apprête à réintégrer mes pénates en métropole juste avant la saison des pluies, c'est dans la peau d'un autre homme, mûri et un peu plus ridé, encombré de quelques restes de maladies tropicales plutôt tenaces, avec la tête farcie de choses qu'il me faudra des années à raconter à qui voudra bien l'entendre.

Un livre écrit à la main que l'on cache sous le plancher d'une ferme isolée n'est pas un livre comme les autres... Ce n'est pas un ouvrage de bibliothèque s'illustrant avec noblesse dans un intérieur approprié, ou se prélassant sur le canapé moelleux d'un poète ou d'un intellectuel. Il est de nature plus sauvage que ses cousins civilisés… Il mérite la plus belle attention, mais requiert aussi la plus grande prudence… Alors que ce scénario s'installe de plus en plus fermement dans ma tête qui bat, il ne faudrait pas grand-chose pour me faire basculer dans l'irrationnel. Encore deux heures à tuer avant l'arrivée du biplan. Malgré mon appréhension, j'ai très envie de continuer la laborieuse dissection pour découvrir la suite. Enfin quelque chose pour me titiller au bon endroit dans mon bulbe cervical déconfit du moment. Après quoi je partirai tranquille.

Mais la fatigue s'installe. Et ma petite fête en solitaire commence à faire grise mine. J'ai reposé le livret sur la table. Je le regarde simplement à présent, comme tous ces objets inanimés ayant une âme… Et la pièce en est remplie. Une accumulation délirante d'ustensiles mêlant le traditionnel indien et les produits créoles typiques, de vieilles photos d'expéditions, des filets, des lances, du bois et des cordages, de la vaisselle usagée en veux-tu en voilà, enfin bref… une véritable brocante locale qui doit suivre par bateau quelques semaines plus tard au fond de trois énormes malles prévues à cet effet. Firmin s'en chargera. C'est un homme grand, robuste, d'une élégance à couper le souffle, plus noir que noir, descendant direct des esclaves *neg'marrons* et sur qui j'ai toujours pu compter.

Je l'imagine déjà avec sa nonchalance naturelle : il fera le chemin avec ma vieille Jeep jusqu'au Maroni en passant par Mana et Sinnamary pour y récupérer d'autres affaires et serrer quelques mains, puis traversera le fleuve avec le bac et fera la route jusqu'à Cayenne, sous un soleil piquant ou sous la pluie, passant d'un monde à l'autre... C'est lui qui reprendra ensuite la ferme à son compte avec sa femme Marie-Louise et leurs deux enfants, Jeanne et Célestin.

Dans ce méli-mélo d'objets hétéroclites, les souvenirs de ces trente années passées ici s'entrechoquent et se bousculent au portillon, chacun voulant avoir voix au chapitre. Et dans le foisonnement de l'inventaire, chaque chose a son histoire. Il n'est vraiment qu'un seul objet pour déroger à la règle. Le petit intrus... Il s'est posé là comme un coucou usurpant un nid, hors du temps, très élégant dans son costume de papier de riz bleuté, comme pour me narguer… Et à présent, l'oiseau bleu parade en silence, sans un mot et sans un geste, insidieusement. Me tirant presque par la manche, comme un galopin de son espèce !

Mes pensées sont à nouveau confuses. Me voilà dans un drôle d'état. Tout ça à cause d'un petit livret. Un tout petit livret sauvage… Un beau petit livret bleuté, mais qui pourrait respirer l'ennui dès la dixième page... Alors, pourquoi s'écheveler de la sorte ? Peut-être parce que j'éprouve *cette sensation.* Cette sensation extrêmement forte. Celle que je n'ai plus que de temps en temps, mais que je reconnais entre toutes, qui me réanime comme une douche sous l'eau froide, qui me pousse dans tous mes retranchements, qui révèle ma vérité profonde. *La sensation qui ne doit pas être prise à la légère.* Lorsqu'on éprouve ce genre de chose, il faut à tout prix continuer ce que l'on est en train de faire, même si le monde est contre vous, que le temps vous manque, ou que l'heure n'est plus au déchiffrage. Je le sais bien. Ou alors il faut tout stopper net ! Immédiatement, sans attendre, et mettre ses œillères, comme un vieux cheval au moment du feu d'artifice.

Je viens tout juste de décoller la dixième page — la fameuse, symbolique en puissance —, je l'ai fait presque sans m'en rendre compte et sans grande conviction, alourdi de fatigue, en sirotant mon rhum, des pensées plein la tête. Mais là, j'ai beau écarquiller les yeux : tout devient indéchiffrable. Cela tient plus du charabia qu'autre chose. Écrit dans une langue que je ne reconnais pas, même en passant en revue toutes les possibilités. Du jamais vu. Un idiome aux vocables imprononçables, mêlant des signes inexplicables à des ensembles secrets et désarticulés. Je continue à décoller les pages avec contrariété, en améliorant ma technique du rasoir au fur et à mesure, car ma main ne tremble plus. Au milieu de ce curieux jargon, un mot apparaît enfin, comme une bouée de sauvetage inespérée entre des vagues indomptables. Et je le connais bien ce mot, même si je ne l'ai plus prononcé depuis très longtemps : *Tamoc-tamoc* ! Cette respiration *in extremis* me sauve de la noyade. Histoire de papillons donc... Le son de ce mot entre mes lèvres, accompagné de ce double claquement sur les « c » sonne comme un rappel à l'ordre, un retour aux sources. Un parfum de nostalgie plane dans ma tête fugitive et bien trop imbibée. Tout cela n'a plus rien à voir avec ce que je viens de lire jusqu'ici. Dans cette musique étrange, quasi extraterrestre, plus aucune trace perceptible d'Alice ni de Barnabé, les deux beaux dormeurs perdus et encore moins de l'extravagante madame Casoar à Paris. Volatilisés, disparus dans la nature ! La vieille machine à écrire *Remington* s'est littéralement envolée au sein d'une nuée de légers et d'élégants « morphos » d'un bleu intense, venus là pour me déboussoler…

Je viens de dormir trois bonnes heures, calé dans ce grand fauteuil, le livre abandonné en équilibre précaire sur mes genoux, mélangeant dans mes rêves tous les ingrédients du moment. Le biplan de Jim Fraser est probablement déjà loin, pétaradant dans les nuages à des kilomètres de là… Et il n'y a pas plus de papillons bleus dans la pièce que dans ce titillant petit livret entrouvert sur mes genoux. Ce qui plane ici, c'est juste la chaleur humide et les vapeurs du rhum, en quantité démesurée. Elles ont fait leur effet pendant la soirée. Dehors, la nuit est déjà pleine. L'heure n'est plus au déchiffrage. Il faudra reprendre demain, après une bonne nuit de sommeil, avec un esprit sain dans un corps sain. C'est la toute dernière pensée du jour, en cette nuit d'ivresse.

Firmin est arrivé de bonne heure. Il est décontenancé en me voyant attablé devant mon petit-déjeuner.

— Alo's tu n'es pas pa'ti…

Je le regarde avec des yeux cernés et une tête d'abruti, ne sachant quoi répondre. Je ne sais pas si je dois parler du livre. Firmin est planté dans l'encadrement de la porte, beau, grand et sec, avec cette sempiternelle salopette qui lui flotte le long du corps jusqu'à mi-mollet, son chapeau de paille à la main, ses grandes belles mains aux ongles rose clair, qui sont restées d'une douceur absolue malgré des années de labeur aux champs et à la ferme. Il fait tourner son galurin entre ses doigts agiles et me regarde en silence.

— J'ai loupé l'avion. Je me suis endormi.

— Le docteu' F'azé il est pa'ti maintenant.

— Oui, je sais... Mais ne t'inquiète pas, Firmin, on fait comme on a dit. Tu peux dire à Marie-Louise et aux enfants que j'ai juste un contretemps.

Firmin ne dit rien, mais regarde avec insistance le petit livret qui est resté posé en évidence sur la table.

— Tu connais ce livre, Firmin ?

— Non pat'on…

— Tu sais… je l'ai trouvé là, sous le plancher…

Firmin écarquille ses grands yeux sombres.

— Ce n'est pas la place pou' un liv' ça !

— Il était caché là, entre deux poutres.

— Alo's ce n'est pas un liv' comme les zaut' !

— C'est aussi ce que je pense, Firmin.

Firmin s'approche de la table et prend timidement le livret dans sa main.

— *Ali… ce & Ba'na… bé… ?*

— À part le début, c'est écrit dans une langue que je ne connais pas…

Firmin reste silencieux, le livret entre ses grandes mains. Il donne l'impression d'avoir peur.

— Tu ne veux pas y jeter un coup d'œil ?

— Non, non. Il faut que j'y aille maintenant. Il faut que leu' dise que tu n'es pas pa'ti.

La matinée est passée à toute vitesse. Je suis resté assis dans la véranda à regarder les grands arbres onduler sous le vent, la tête dans un étau et la bouche pâteuse, m'appliquant à digérer tant bien que mal cette soirée d'adieu trop arrosée. Aujourd'hui, les singes hurleurs restent muets sur leurs branches. On n'entend presque rien. Hormis les myriades d'insectes qui fourmillent tous azimuts, c'est un silence inhabituel. Comme avant une explosion atomique ou un tremblement de terre. Non, quand même… Le livret ? Il est là. Il m'attend toujours au tournant. Il me fait du pied. Peut-être tout à l'heure. De toute façon, l'avion-taxi du docteur ne repassera pas avant quatre jours. Alors pour ce qui est du départ… D'abord aller chez ma'me Giselle, l'ancienne institutrice. Avec mon vieux vélo. Manger un bon poulet boucané. Le meilleur du coin. Emporter le livre avec moi. Peut-être saura-t-elle déchiffrer l'indéchiffrable. Quatre-vingts ans, c'est l'âge de raison. Sauf si l'on a passé sa vie à faire l'inverse de ce que l'on sentait, par mégarde, par peur, ou par entêtement. Dans ce cas-là, c'est l'heure du bilan. Lourd. Cette doudou-là n'est pas comme ça. Elle a toujours fait ce qu'elle a voulu. Même avec son vieux mari bourru. C'est toujours elle qui a cuisiné, heureusement pour moi. Et c'est toujours elle qui commandait, comme à l'école. C'est pour ça qu'elle est toujours debout. Question de volonté. Le vieux lui, est mort sur son lit. Raide, comme il a toujours vécu, sans un mot. Tout le monde était là, même des gens de la ville, enrubannés comme des paquets cadeaux autour du sapin. On se demande pourquoi. Des cousins sans doute. Ça fait huit ans déjà. Ce jour-là, il était quand même plus agréable mort que vivant…

Les pédales tournent comme un vieux moulinet grincheux sur le sentier « *des trois diables* ». Un nom sur mesure, à cause de trois bagnards et d'une évasion mémorable. Pieds nus, en guenilles, enchaînés les uns aux autres, sans rien dans le ventre, avec un bataillon de flics armés jusqu'aux dents à leurs trousses. Un véritable triomphe sur l'autorité. On en parle encore, plusieurs décennies après. C'est le sentier de la liberté. Une légende. Je file entre les arbres immenses qui bordent ce sentier en direction de la ferme de ma'me Giselle et de sa cuisine locale. J'ai l'impression de sentir le fumet du ragoût qui emplit la forêt et se faufile entre les hibiscus et les bougainvillées, mélangeant ses saveurs aux fleurs des *moucou-moucou*, aux orchidées et aux bois-canons. Mon pauvre vélo grince tout ce qu'il peut à intervalles réguliers. C'est olfactif, mécanique, bucolique, un rien plaintif, mais hautement musical. Du vélo comme on n'en fait plus. D'ailleurs, la vieille doudou m'a entendu venir de loin. Elle est sur le perron avec son tablier à carreaux, comme un signal. La marmite est dehors, sur le feu. Le livre est à l'abri, dans ma poche. Chaque chose à sa place. Le déchiffrage peut encore attendre. Après le déjeuner. Quand la doudou sera assise, silencieuse et à nouveau réceptive. Avant, ce n'est pas la peine, elle n'entend pas ce qu'on dit. Enfin… elle joue à ce jeu-là, avec une mine verrouillée à triple tour. Hyperconcentrée, faisant des va-et-vient à pas lents, genre traîne-savates avec un regard trouble, un œil bleu délavé, l'autre à moitié fermé, toujours larmoyant. Mais jamais la larme ne tombe. Pas l'ombre d'un sourire à mon arrivée. J'ai l'impression que je vais me faire enguirlander, comme à l'époque où j'étais son assistant. C'est chaque fois pareil. Peut-être parce que je suis en retard, ou parce que ces derniers temps je ne viens plus trop souvent. Normalement, aujourd'hui, je ne devrais même pas être là.

Mam' Giselle le sait, même si elle ne dit rien. Elle a l'art et la manière.

C'était délicieux, comme d'habitude. On s'est régalés, puis on s'est assis pour un café. C'est le moment idéal pour parler du livret et de ce curieux charabia. Après, je ne pourrai plus. Le carnaval va commencer, m'me Giselle ira à Cayenne, et là, plus la peine…

L'ancienne institutrice a « lu » tout un passage sans broncher. Avec un œil qui fait frire le poisson et l'autre qui regarde si le chat arrive. À cause de la loupe qu'elle utilise en guise de lunettes. Mais pas de réactions apparentes. Juste quelques petits clignements nerveux très rapides. Mais ça, c'est toujours, depuis son opération. Elle s'est pris une branche, un jour, dans la forêt. En plein dans le front. L'œil à morflé. Donc elle cligne. J'attends et je la regarde cligner et elle, elle scrute au loin à travers les arbres, avec un air de savoir exactement ce à quoi elle pense. Ça dure un peu, comme dans les moments cruciaux. Elle n'ignore pas son hôte, mais elle défile des tas d'histoires dans sa tête. Ça se voit. Des trucs à elle. Du genre secrets de famille, traditions perdues… les anciens, les origines, etc. Enfin, j'imagine. Peut-être qu'en fin de compte elle n'en sait pas plus que moi à propos du livre, mais je la laisse faire, parce que je la connais bien, depuis le temps. Avec elle, il faut jouer fin, sinon on perd tout, elle se ferme et c'est fini. Elle me parle en marmonnant doucement sans quitter les grands arbres des yeux. C'est mieux pour dire ce genre de choses. Dans les moments importants, il faut toujours une économie de mouvement, même au niveau des maxillaires. Je reste donc impassible. Moi aussi maintenant, j'ai l'art et la manière. Tout à coup, elle monte le volume :

— Tu dois d'abor' aller à Cayenne chez monsieur Plantin. Attends fiston, je te donne l'ad'esse.

Je n'ai pas eu le temps de réagir ni de répondre. Elle s'est levée d'un coup et elle est partie dans sa cuisine en traînant les pieds juste un peu plus vite, comme s'il y avait urgence. Elle revient en me tendant un mot de sa main tremblante. Mais je la connais, l'adresse. J'y ai été plusieurs fois à mon arrivée en Guyane. C'est une ancienne poste. Une maison magnifique en bois peint, vieille et délabrée comme beaucoup de bâtisses ici, mais toujours entière grâce au traditionnel rafistolage local.

Nous avons bu notre café, en silence, pendant que m'me Giselle somnolait un peu. Voilà, j'ai enfourché mon vélo pour une balade digestive en sens inverse. Vent dans les voiles. Maurice Plantin, j'irai demain, en voiture. Firmin viendra peut-être avec moi. Il avait l'air intrigué quand même. En tout cas pour moi, plus rien ne presse...

Cayenne. Comme chaque année, le carnaval envahit les rues et les places. Un mélange impressionnant de clans, de cultures, de gens du cru et de touristes. Ça grouille. Ça part dans tous les sens. Le cortège est multiple, sans queue ni tête. Ils sont tous là, comme d'habitude, toutes les tribus, les *neg'marrons* enduits d'huile de vidange, la clique des postiers, les étudiants, les lycéens. Les magnifiques doudous en robes et en dentelles, rigoureusement masquées et gantées comme il se doit. Va trouver ma'me Giselle au sein de cette bande de *Touloulous* et de leurs magnifiques froufrous… Il y a aussi les groupes de Chinois avec leurs dragons de papier, même si la plupart sont restés dans leurs boutiques, portes ouvertes, mais grilles fermées pour vendre à boire et à manger, presque à la sauvette. Le sens des affaires plus celui de la sécurité. Les supérettes, les épiceries, les bazars, c'est toujours eux.

Cela faisait des années que je n'étais plus allé au carnaval de Cayenne. Je prends un malin plaisir à marcher à côté des créoles qui avancent d'un pas chaloupé au rythme de leurs tambours fabriqués maison avec de grands bidons en plastique... D'autres soufflent en rythme dans de gros coquillages. Un son puissant et répétitif. Rien n'a changé.... les chars avec leurs sonos. Les Brésiliens. Et surtout les Brésiliennes avec leurs plumes. Ce genre d'oiseau, ça se déhanche, ça se trémousse en musique, tout pour attirer l'œil. Le royaume du kitch et des paillettes, un rien sexy avec leurs seins à l'air. Si les métros n'ont jamais su faire la fête, c'est peut-être un problème de climat tout simplement. Ici, la chaleur échauffe les esprits et l'humidité excite les corps. Alors tout le monde chante à tue-tête.

Des chansons bien de chez nous :

Si tu veux, fai' mon boheu',
Ma'gue'ite, Ma'gu'ite…
Si tu veux, fai' mon boheu',
Ma'gue'it donne-moi ton coeu'

ou bien :

Allons enfants de la pat'ie,
le jou' de g'loi' est a'ivé…

Et tout ça sur un rythme de biguine endiablée. Non, ce n'est pas le défilé du 14 juillet. C'est vraiment joyeux, dynamique et bon enfant. Et un boucan à s'en faire péter les tympans ! Vraiment rien à voir avec la lenteur des fifres du carnaval de Bâle, par exemple…

Ça y est, j'y suis : 14 rue de l'ancienne poste. Le bâtiment est juste un peu plus château branlant qu'à mon dernier passage dans le coin. Dommage que Firmin soit malade aujourd'hui. Il n'a pas pu m'accompagner. Crise de paludisme. Il ne me reste plus qu'à sonner chez monsieur Plantin. Un petit panneau écrit à la main est accroché à l'entrée. *« Maurice Plantin, ancien professeur d'histoire à la retraite. Montez, c'est au deuxième.»* Visiblement un homme qui sait créer des liens. Je grimpe les étages sans me presser. Je n'ai plus de souffle avec cette chaleur et cette ascension manque vraiment d'air. Les émanations qui flottent dans la cage d'escalier témoignent vraiment d'une vie communautaire riche et variée.

Le Professeur a ouvert immédiatement après le premier coup de sonnette. À croire qu'il était derrière la porte à guetter mon arrivée. Il est petit, rondouillard, café au lait, en costume malgré la chaleur, le cheveu crépu gris et dru. Petits binocles sur le nez comme tout professeur qui se respecte à cet âge plus que respectable. Il y a des bouquins partout. Les étagères croulent sous le poids. Ce bonhomme a dû passer sa vie à lire. Des piles qui grimpent jusqu'au plafond. Il y en a jusque sous le lit qui est au centre de la pièce, sous le bureau, par terre le long des murs… des gros, des petits, entassés comme dans un dépôt. Il ne faudrait pas craquer une allumette par mégarde, l'autodafé resterait dans les annales, juste après celui de la bibliothèque d'Alexandrie.

Je me suis installé sur l'unique chaise. Le professeur est resté debout. Sans doute une vieille habitude d'enseignant. Ça sent le bouquin partout dans la pièce, le vieux papier, le cartonnage en tout genre. Il y a un chat assis juste en face, littéralement affalé dans sa fourrure style « fin de parcours ». Probablement aussi vieux que son maître. Gris et marron, comme lui. Il me regarde d'un air étonné. Comme s'il allait parler. Me dire un truc du genre « tu sais, moi aussi j'ai appris à lire, à force… et toi ? » Il est sur le rebord de la fenêtre et regarde en bas, comme le font les chats en général, en trônant avec ce mélange caractéristique de neurasthénie galopante et de vivacité sur le qui-vive. Dans ses yeux, la médaille et son revers. Il observe le monde en marche, sans un mot, certainement aussi avec cette petite arrière-pensée vagabonde pour une souris laissée quelque part en rade et qu'il n'a pas pu réellement avoir, question d'âge. La vieillesse est injuste.

Le professeur me ramène à un niveau de réalisme plus palpable avec une voix aussi haut perchée que ses livres. Le genre de voix que l'on entendrait du fond de la classe et qui réveillerait les plus paresseux en cas d'alerte. Les restes du métier. Laissons donc les chats à leurs problèmes existentiels pour revenir à des choses plus littéraires. Le vieil homme vient de parcourir plusieurs pages en silence, ne laissant entendre que le bruit d'une respiration lente et encombrée, avec par moments des petits bruits de mastication très curieux. Si la littérature est une denrée comestible, elle nourrit bien son homme, à le voir saliver de la sorte. À moins que ce ne soit tout simplement ses dents de devant qui ont une fâcheuse tendance à bouger un peu lorsqu'il respire. Deux grandes dents ne semblant tenir qu'à un fil et espacées par la largeur d'un doigt.

— Eh bien dis-don', ce n'est pas une mince affai' que vous avez là…

— Vous connaissez cette langue, professeur ?

— Oui, enfin… non, mais j'ai déjà vu ça... il y a longtemps. T'ès longtemps. C'est t'ès ancien vous savez. On di'ait la langue inte'dite. Mais moi, je ne peux pas déchiff'er ça… M'me Giselle n'a plus toute sa tête. Cette vieille doudou n'au'ait pas dû vous envoyer ici. Pour déchiff'er ça, il faut aller voi' sœu' Madeleine qui habite p'ès de la plage *des Hattes*. C'est une Togolaise. Elle en connaît un rayon sur les o'igines.

Pour le professeur, tout ça a l'air d'une évidence... Je ne peux m'empêcher de rétorquer avec un étonnement non dissimulé.

— Et... c'est quoi, la langue interdite ?

— La langue utilisée pa' les esclaves…

J'ai passé une bonne partie de l'après-midi avec le vieux professeur et son compère le chat, au milieu de leur librairie personnelle. Ce que j'ai appris ici me laisse pantois. Je connais bien la Guyane pour l'avoir traversée maintes fois dans tous les sens, pour y avoir vécu et travaillé suffisamment longtemps. Mais finalement, je ne connais pas bien les détails de son histoire. Le vieil homme vient de combler d'innombrables vides. Il a apporté tous ses soins à pallier mes insuffisances, ainsi ai-je eu droit à un cours magistral sur la colonisation, l'esclavage, les *marronnages* et tous les principaux mouvements de révolte qui ont meurtri et secoué cette terre pendant plusieurs générations. Même le chat a écouté d'une oreille distraite, mais avec un air entendu évidemment, comme s'il connaissait le sujet par cœur...

Tout cela a été très instructif, mais je n'en sais pas beaucoup plus sur le contenu du livret. Pendant tout son exposé, le professeur est resté concentré sur son monologue, accompagnant son discours de gestes vifs ou mesurés, d'expressions mêlant l'intérêt, l'étonnement et l'incompréhension, manipulant mon bouquin dans tous les sens sans s'en rendre compte, le tout avec une sorte de méfiance en demi-teinte. En véritable alter ego, le vieux greffier observait les mouvements de son maître avec une empathie tout à fait légitime, laissant tressaillir ses moustaches aux moments les plus significatifs.
S'il faut aller jusqu'aux *Hattes* afin d'y rencontrer sœur Madeleine en personne,

qu'à cela ne tienne. Ça me prendra la journée de demain. Mais puisque je suis à Cayenne et que le carnaval bat son plein, je décide de flâner encore un peu. Cela fait si longtemps que je n'ai plus mis les pieds en ville. La vieille bâtisse du professeur était un peu à l'écart, dans les anciens quartiers. À présent, le vacarme se fait beaucoup plus présent et la foule s'épaissit. Je me noie dans une marée humaine qui danse et chante avec une joie toute neuve. C'est la fête…

Cette journée à Cayenne était épuisante. Je n'ai plus l'habitude. J'apprécie mon retour au calme. Assis dans la véranda, je fixe à nouveau les grands arbres en face. C'est un truc que j'adore faire. Des heures durant, à rêver devant cette végétation luxuriante. Ça me manquera cruellement lorsque je serai en métropole. Marie-Louise est venue en coup de vent avec les enfants pour me dire que Firmin allait mieux. Que la fièvre était tombée. En fait, elle est surtout venue me demander ce qui se passait. Pourquoi je n'étais pas parti. Elle n'a pas parlé du livre, mais j'ai vu tout de suite à son regard qu'elle cherchait quelque chose. Elle inspectait la pièce, mine de rien. Le livret était resté dans la poche de ma veste. Peut-être se demandait-elle à quoi il pouvait ressembler. Elle n'a fait aucune allusion, feignant de ne pas être au courant. Elle est restée délicatement en retenue, souriante, avec sa voix douce et affectueuse. Les enfants étaient sages comme des images. En partant, elle a dit « qu'ils n'en étaient pas à quelques jou's p'ès et que cela ne posait aucun p'oblème que je sois enco'e là. » Je me suis tout de même excusé et nous avons ri avec simplicité.

J'ai passé la fin de cette soirée à feuilleter avec application quelques pages du mystérieux livret. Non, vraiment aucun moyen de déchiffrer quoi que ce soit. Tout juste l'impression de parvenir par moments à dénoter quelques humeurs ou quelques états d'âme peut-être, en fonction de la dureté ou de la douceur du trait, de l'aspect de certains signes, de leur côté sobre, fantaisiste ou répété. Mais sans plus. Une esthétique à couper le souffle et pas le moindre indice… construction magnifique et inaccessible. Je me retrouve perdu en face d'une sorte de tableau abstrait totalement indigeste pour moi. Exactement comme le serait un pauvre quidam devant une œuvre d'art, miné par son manque de culture et d'imagination. À quoi peut bien ressembler l'écriture pour quelqu'un qui ne sait pas lire ? Probablement à ce genre de chose… En désespoir de cause, je parcours plusieurs fois le passage du début, histoire de me raccrocher à quelque chose de concret. *Alice & Barnabé* demeurent insondables. Pour toute consolation, il reste la beauté de ce trait de plume…

Les Hattes. Je suis arrivé de bonne heure, m'étant levé presque à l'aube. La traduction a été laborieuse, mais elle a porté ses fruits. Sœur Madeleine est une experte en la matière et elle a bien mâché ses mots. Elle n'a pas pu tout déchiffrer. Cent deux ans et des poussières, ce n'est pas rien. Elle a tout de même réussi à dégager un passage de l'ensemble en associant plusieurs morceaux de différentes pages. Atelier « puzzle & dentelles ». Une magie digne des cérémonies vaudoues. Elle s'est fait aider par une autre sœur tout à son écoute, un peu plus jeune celle-là — quatre-vingt-treize ans — qui la secondait dans sa tâche avec des gestes aussi précis qu'une assistante face à son chirurgien. La foi sauve et conserve, bien à l'abri du monde et de ses vicissitudes. Je suis sorti du « bloc opératoire » après trois heures d'un travail acharné. J'ai remis mes demi-lunes sur le bout de mon nez.

«… venus d'une lointaine contrée au-delà de l'océan, Alice et Barnabé ont semé leurs poursuivants. Ils se reposent en paix, dans une ferme abandonnée au bord d'une clairière... de magnifiques morphos peuplent les enchevêtrements de cette végétation baignée par une douce lumière… Mais les chasseurs d'esclaves sont là ! »

Un drame a bien eu lieu et il n'est plus besoin de remonter le temps pour connaître le fin mot de l'histoire. Les autres passages parlent de plusieurs révoltes, dont l'une aurait eu lieu sur un négrier en provenance des côtes africaines. Le cours magistral du professeur Plantin refait surface.

Je me suis assis sur un rondin de bois ornant l'entrée du couvent. Je peux entendre un chant de prière qui résonne dans l'aile du bâtiment. Sœur Madeleine m'a abandonné pour retrouver le groupe des religieuses. Elle n'a pas pu en déchiffrer plus. Elle ne marche plus et se déplace en chaise grâce à son assistante qui ne la quitte pas d'un pouce, en vraie sœur siamoise. Elle n'entend que par bribes, sa prononciation laisse à désirer et elle n'a plus tout à fait la notion des choses. C'est pourtant elle qui est la seule gardienne du temple.

Le temps des prières est pour moi l'occasion d'aller faire un tour sur la plage où les tortues *Luths* viennent pondre pendant la nuit. Un panneau à l'entrée est toujours là pour signaler cet événement rare. Multiples recommandations faites aux chiens errants sachant lire, aux Indiens alcoolisés et démunis, ainsi qu'aux nombreux touristes venus là pour satisfaire leur curiosité, de ne pas manger ni endommager les centaines d'œufs que ces mères porteuses ont enfouis dans le sable à grands coups de nageoires. Plongées sous hypnose, avec des yeux baignés de larmes, ces superbes pondeuses croient avoir mis leurs progénitures à l'abri des fouineurs et des prédateurs. Mais tout comme ces pauvres esclaves essoufflés dans leur course, seul un bébé tortu sur cent atteindra la mer et la liberté...

Paris. Normalement, il n'y a que dans les livres qu'on peut passer d'un continent à l'autre juste en tournant la page. Ou au cinéma.

Le rythme de la capitale a tout accéléré, y compris le temps. Cela fait plus de six mois que je vis en métropole et il m'arrive souvent de penser qu'en Guyane, il ne s'est écoulé que quelques jours depuis mon départ. Exactement comme si j'étais partagé entre deux mondes ne vivant pas à la même vitesse à la surface du globe. Un système s'articulant comme « la pluie et son contraire » sur la route de Cayenne. Et nous ne serions pas tous logés à la même enseigne. En tout cas, pour moi une chose est sûre : en métropole, on vieillit beaucoup plus vite.

Ce soir, j'ai un rendez-vous intéressant. C'est un rendez-vous « littéraire ». Depuis l'arrivée du petit intrus dans ma vie, je suis resté dans l'univers des livres. Mais ce n'est qu'un boulot de magasinier. Rien à voir avec l'écriture et encore moins avec le déchiffrage. Je travaille régulièrement pour une petite librairie de quartier. Un lieu du même acabit que l'appartement du professeur Plantin à Cayenne. Il ne manque que le chat et ses pensées judicieuses. À la place, nous avons « Teddy », un chien-chien à sa mémère, hypercourt sur pattes, qui fait du rase-mottes entre les rayons avec une mine déprimée, à la recherche de je ne sais quel paradis perdu. Probablement un endroit très secret où ceux de son espèce n'auraient plus rien à se refuser jusqu'à la fin des temps. J'observe ce mini quadrupède à poil ras vider ses batteries depuis une heure déjà, alors que je me prépare à montrer mon livret d'*Alice & Barnabé* à un client passionné, féru de langues anciennes. Nous avons rendez-vous à 19 h, juste après la fermeture.

Le client est pile à l'heure, comme le métro. Je le fais monter à l'étage, dans le petit salon de lecture. Au début, l'homme n'est pas bavard. Alors nous buvons une bière comme de parfaits inconnus coincés dans des fauteuils trop étroits. L'homme est extrêmement concentré. Le regard fixe. Il se détend tout à coup en feuilletant rapidement le livret. Puis il se met à le lire avec une réelle concentration. Il ne le quitte plus des yeux. Il semble déchiffrer à toute vitesse, avec une très grande facilité. Pendant un bon moment, je le regarde sans rien dire, subjugué par cette aisance impressionnante. À la lecture de certains passages, l'homme sourit un peu, à d'autres il semble ému, comme s'il allait se mettre à pleurer. Il lève enfin les yeux vers moi. Je peux lire dans son regard un grand bouleversement. Il ne parle pas tout de suite. Il boit d'abord une gorgée de sa bière, semblant peser ses mots. Puis il s'adresse à moi sans s'interrompre une seule fois :

*— ζζζζζζζζζζζζζζζζζζζζζζζζζζζζζζζζζζζζζζζζζ)))))ζζζ
ζζζζζζ))))))ζζζζ)))))))))ζζταμοχ−ταμοχ,tamoctamocζζζζ
ζζζζζζζζζζζζζζζζζζζζζζ)))))ζζζζζζζζζζζζζζ)))))ζζζζζζζζ
ζζζζζζζζζζζζζζζζζζζζζζζζζζζζζζζζζζζζζζζζζζζ))))))ζζζ
ζζζζζζζζζζζζζζζζζζζζζζζζζζζζζζζζζζζζζζζζζζζζζζζζ))))
ζζζζζζζζ)))))ζζζζζζζζζζζζζζζζζζζζζζζζζζζζζζζζζζζζζζζ
ζζζ))))ζζζζζζζζζζζζζζζζζζζζζζζζζζζ)))))ζζζζζζζζζζζζζζ
ζζζζζζζζζζζζζ)))))ζζζζζζζζζζζζζζζζζζζζζζζζζ)))))ζζζζτα
τα − τατατα ζζζζζζζζζζ)))ζζζζζζζζζζζζζζζζζζζζζζζζζζζ
ζζζζζζζζζζζζζζζζ)))))))))))))ζζζζζζζζζζζζζζζζζζζζζζζζζζ
ζζζζζζζζζζζζζζζζ))))))))))))))ζζζζζζζζζζζζζζζζζζζζζζζζζ
ζζζζζζζζζζ))ζζζζζζζζζζζζζ))))))))))))ζζζζζζζζζζζζζζζζζ
ζζζζζζζζζζζζζζζζζζζζζζζζζ)))))))))))))ζζζζζζζζζζζζζζζζ
ζζζζζζζζζζζζζζζζζζζ))ζζζζζζζζζζζζζ))))))))))))ζζζζζζζζ
ζζζζζζζζζζζζζζζζζζζζζζζζζζζζζζζζζζ))))))))))))ζζζζζζζ
τατα ζζζζζζζζζζζζζζζζζζζζζζζζζζζ))ζζζζζζζζζζζζζ))))))
))))))ζζτατατα ζζζζζζζζζζ((((((((((((((()))ζζζζζζζζζ))
))))ζζζζ)))))))))ζζταμοχ−ταμοχ,tamoctamocζζζζζζζζζζζ
ζζζζζζζζζζζζζζζ)))))ζζζζζζζζζζζζζζ)))))ζζζζζζζζζζζζζζζ
ζζζζζζζζζζζζζζζζζζζζζζζζ))ζζζζζζζζζζ))))))ζζζζ))))))))ζζ
ταμοχ−ταμοχ,tamoctamocζζζζζζζζζζζζζζζζζζζζζζζζζζ)
))))ζζζζζζζζζζζζζζ)))))ζζζζζζζζζζζζζζζζζζζζζζζζζζζζζζ
ζζζζζζζζ)))ζζζζζζζζζ))))))ζζζζ))))))))ζζταμοχ−ταμοχ,ta
moctamocζζζζζζζζζζζζζζζζ)))))ζζζζζζζζζζζζζζζζζζζζζ
ζζζζζζζζζζζζζζζζζζζζζζζζζζζζζζζζζ))))ζζζζζζζζζζζζζζ
ζζζζζζζζζζζζζζζζζζζζζζζζζζζζζζζζζζζζζζζζ))))ζζζζζζζ
ζζζζζζζζζζζζζζζζζζζζζζζζζζζζζζζζζζζζζζζζζζζζζζζ)))))
ζζζζζζζζζζζζζζζζζζζζζζζζζζζζζζζζζζζζζζζζζζζζζζζζζζ
ζζζζ)))))ζζζζζζζζζζζζζζζζζζζζζζζζζζζζζζζζζζζζζζζζζζζ
ζζζζζζζζζζζζζζζζ)))))ζζζζζζζζζζζζζζζζζζζζζζζζζζζζζζζ*

L'homme se tait subitement et referme le livret. Le silence qui suit ce flot de paroles venues d'un autre monde emplit l'espace et m'électrocute de la tête aux pieds. J'ai du mal à retrouver mon souffle et je reste tétanisé.

« Et maintenant, il faut vous en débarrasser une fois pour toutes », ajoute-t-il avec le plus grand sérieux en me pointant le livret sous le nez. Il faut passer à autre chose. « L'enterrer dans le jardin, par exemple. Pour en faire votre deuil. Oui, votre deuil. Ou sous le plancher de la cuisine… »

?

?

?

« Sous le plancher de la cuisine », cette phrase claque dans ma tête comme des coups de fouet répétés coupant ma cervelle en tranches.

C'est à cet instant précis que je réalise. Jim Fraser est en train de frapper au carreau.

— Tu devrais me laisser entrer ! Il pleut des cordes ! crie-t-il

Enfoncé dans mon large fauteuil, je marmonne quelques mots.

— Je… je crois que… j'ai fêté… un peu trop ce départ…

Jim doit passer la nuit à la ferme, son vieux coucou ayant subi une grave avarie. Dans un semi-brouillard, je fais quelques pas vers le seuil de la cuisine… en scrutant le sol avec une mine défaite…

Jim Fraser, l'air inquiet, me regarde appuyer mon pied à certains endroits.

— Tu as perdu quelque chose ?

— Non, non...

— C'est à cause de cette planche qui grince un peu ? me lance-t-il.

— Oui, c'est ça… elle grince… chaque fois que je passe ici elle grince, j'ai une drôle d'impression…

— C'est normal pour un vieux plancher.

— Non, non… c'est comme une sorte de cri étouffé… un appel au secours…

Le docteur Fraser me regarde sans comprendre. Sur le fauteuil, il y a mon stylo et un minuscule cahier vierge qui est entrouvert, avec cette seule phrase griffonnée : *« Mes souvenirs de Guyane.»*

Jim Fraser est immobile, debout sur cette planche bringuebalante, comme un surfeur cristallisé au cœur de la vague. Sa pèlerine dégoulinante ruisselle sur le plancher. Et dans l'eau qui s'épand sur le sol autour de lui, je peux voir la mer qui prend forme puissamment, une mer de vagues et d'écume, agitée et profonde, un océan brun troublé par les remous de l'Amazone, porteur de navires perdus dans les tempêtes et dans l'abîme du temps. Des négriers, en provenance des côtes africaines, chargés d'esclaves noirs comme de l'ébène, et que je m'apprête à abandonner pour toujours…

Impression
BoD-Books on Demand,
Norderstedt, Allemagne

ISBN : 978-2-8106-1384-7

Dépôt légal : juin 2013
Réédition de juillet 2017

FSC
www.fsc.org
MIXTE
Papier issu
de sources
responsables
Paper from
responsible sources
FSC® C105338